LETTRE

A

Mr. de VOLTAIRE.

LETTRE

DE

J. J. ROUSSEAU

A

MONSIEUR

DE VOLTAIRE.

LE 18. AOUT 1756.

1759.

LETTRE

DE

A MONSIEUR

DE VOLTAIRE

LETTRE

LETTRE

DE

M. JEAN JAQUES ROUSSEAU

A

M. de VOLTAIRE.

Vos derniers Poëmes, Monsieur, me sont parvenus dans ma solitude, & quoique tous mes amis connoissent l'amour que j'ai pour vos écrits, je ne sais de quelle part ceux ci me pourroient venir, à moins que ce ne foit de la vôtre. J'y ai trouvé le plaifir avec l'inftruction, & reconnu la main du maitre, & je crois vous devoir remercier à la fois de l'exemplaire & de l'ouvrage. Je ne vous dirai pas, que tout m'en paroiffe également bon, mais les chofes qui m'y déplaifent, ne font que m'impofer plus de confiance pour celles qui me transportent. Ce n'eft pas fans peine que je défens quelque fois ma raifon contre les charmes de vôtre Poëfie, mais c'eft pour rendre mon admiration plus digne de vos ouvrages que je m'efforce de n'y pas tout admirer.

Je ferai plus, Monsieur, je vous dirai sans détour, non les beautés que j'ai cru sentir dans ces deux poëmes, la tâche effrayeroit ma pensée, ni même les défauts qu'y remarquèront peut-être de plus habiles gens que moi ; mais les déplaisirs qui troublent en cet instant le gout que je prenois à vos leçons, & je vous les dirai encore, attendri d'une premiere lecture où mon cœur écoutoit avidement le vôtre, vous aimant comme mon frére, vous honorant comme mon Maître, me flattant enfin que vous reconnoîtrés dans mes intentions la franchise d'une ame droite, & dans mes discours, le ton d'un ami de la vérité qui parle à un Philosophe.

8

D'ailleurs, plus votre second Poëme m'enchante, plus je prens librement parti contre le premier : car si vous n'avés pas craint de vous opposer à vous même, pourquoi craindrois-je d'être de votre avis ? je dois croire que vous ne tenés pas beaucoup à des sentimens que vous refutés si bien.

Tous mes griefs sont dont contre votre Poëme sur le désastre de Lisbonne, parce que j'en attendois des effets plus dignes de l'humanité qui paroit vous l'avoir inspiré. Vous reprochés à Pope & à Leibnitz d'insulter à nos maux, en soutenant que tout est bien, & vous amplifiés tellement le tableau de nos miséres, que vous en aggravés le sentiment; au lieu des consolations que j'espérois, vous ne faites que m'affliger. On diroit que vous craignés que je ne voye pas assés, combien je suis malheureux, & vous croyés ce semble me tranquillifer beaucoup en me prouvant que tout est mal.

Ne vous y trompés pas, Monsieur, il arrive tout le contraire de ce que vous vous proposés. Cet optimisme, que vous trouvés si cruel, me console pourtant dans les mêmes douleurs que vous me peignés comme insupportables.

Le Poëme de Pope adoucit mes maux & me porte à la patience : le vôtre aigrit mes peines, m'éxcite au

murmure, & m'ôtant tout, hors une
esperance ébranlée, il me reduit au dé-
sespoir. Dans cette étrange opposition
qui règne entre ce que vous établissés
& ce que j'éprouve, calmés la perplé-
xité qui m'agite & dites-moi qui s'a-
buse, du sentiment, ou de la raison.
„Homme prens patience, me disent Po-
„pe & Leibnitz, tes maux sont un ef-
„fet nécessaire de ta nature & de la
„constitution de cet univers. L'Etre
„éternel & bienfaisant qui te gouverne
„eut voulu t'en garantir. De toutes les
„œconomies possibles, il a choisi celle
„qui réunissoit le moins de mal & le
„plus de bien, ou pour dire la même
„chose encore plus cruement, s'il le

„faut: s'il n'a pas mieux fait, c'eſt
„qu'il ne pouvoit mieux faire.

Que me dit maintenant votre Poëme?
„Souffre à jamais, malheureux. S'il eſt
„un Dieu qui t'ait créé, ſans doute
„qu'il eſt Tout Puiſſant; il pouvoit pré-
„venir tous tes maux, n'eſpére donc
„jamais qu'ils finiſlent: car on ne ſau-
„roit voir pourquoi tu éxiſtes, ſi ce
„n'eſt pour ſouffrir & mourir„ Je ne
ſais ce qu'une pareille doctrine peut
avoir de plus conſolant que l'optimisme & que la fatalité même. Pour
moi j'avouë qu'elle me paroît plus cru-
elle encore que le Manicheiſme. Si
l'embaras de l'origine du mal vous for-
çoit d'alterer quelcune des perfections

de Dieu, pourquoi vouloir juſtifier ſa puiſſance aux dépens de ſa bonté? s'il faut choiſir entre deux erreurs, j'aime encore mieux la premiére.

Vous ne voulés pas, Monſieur, qu'on regarde votre ouvrage comme un Poëme contre la providence, & je me garderai bien de lui donner ce nom, quoique vous ayés qualifié de livre contre le genre humain, un écrit ou je plaidois la cauſe du genre humain contre lui même. Je ſais la diſtinction qu'il faut faire entre les intentions d'un auteur, & les conſéquences qui peuvent ſe tirer de ſa doctrine. La juſte défenſe de moi même, m'oblige ſeulement à vous faire obſerver, qu'en peignant les miséres humaines, mon but étoit excusable, & même loua-ble à ce que je crois, car je montrois aux hommes, comment ils faisoient leurs malheurs eux mêmes, & par conséquent comment ils pouvoient les éviter.

Je ne vois pas qu'on puisse chercher la source du mal moral ailleurs que dans l'homme libre, perfectionné, par-tant corrumpu ; & quant aux maux physiques, si la matiére sensible & im-passible est une contradiction, comme il me le semble, ils sont inévitables dans tout systéme dont l'homme fait partie, & alors la question n'est point, pourquoi l'homme n'est pas parfaitement

heureux, mais pourquoi il éxiste ? de-
plus, je crois avoir montré qu'excepté
la mort, qui n'eſt presque un mal que
par les préparatifs dont on la fait pré-
ceder, la plûpart de nos maux phy-
ſiques ſont encore notre ouvrage. Sans
quitter votre ſujet de Lisbonne, con-
venés par exemple, que la nature n'a-
voit point raſſemblé là vingt mille maiſons de ſix à ſept étages, & que ſi
les habitans de cette grande ville euſ-
ſent été diſperſés plus également & plus
légérement logés, le dégat eut été
beauçoup moindre, & peut être nul.
Tout eut fui au premier ébranlement,
& on les eut vû le lendemain à vingt
lieuës de là, tout auſſi gais que s'il

n'étoit rien arrivé ; mais il faut refter, s'opiniatrer autour des mazures , s'expofer à de nouvelles fecouffes , parce que ce qu'on laiffe vaut mieux que ce qu'on peut emporter. Combien de malheureux ont peri dans ce défaftre, pour vouloir prendre, l'un fes habits, l'autre fes papiers, l'autre fon argent? Ne fait-on pas que la perfonne de chaque homme eft dévenue la moindre partie de lui même, & que ce n'eft préfque pas la peine de la fauver quand on a perdu tout le refte?

Vous auriés voulu, & qui n'eut pas voulu de même? que le tremblement fe fût fait au fond d'un défert plûtot qu'à Lisbonne. Peut on douter qu'il ne s'en forme auſſi dans les déſerts ? mais nous n'en parlons point, parce qu'ils ne font aucun mal aux Meſſieurs des Villes, les ſeuls hommes dont nous tenions conte, ils en font peu même aux annimaux & aux ſauvages qui habitent épars, dans des lieux retirés, & qui ne craignent ni la chute des toits, ni l'embraſement des maiſons. Mais que ſignifieroit un pareil privilege ? Seroit-ce donc à dire que l'ordre du monde doit changer ſelon nos caprices, que la nature doit être ſoumiſe à nos Loix, & que pour lui interdire un tremblement de terre en quelque lieu, nous n'avons qu'à y bâtir une ville ?

Il

Il y a des evenemens qui nous frappent souvent plus ou moins selon les faces sous lesquelles on les considere, & qui perdent beaucoup de l'horreur qu'ils inspirent au premier aspect, quand on veut les examiner de près. J'ai appris dans _Zadig_, & la nature me confirme de jour en jour, qu'une mort accelerée n'est pas toujours un mal reel, & qu'elle peut passer quelque fois pour un bien relatif. De tant d'hommes écrasés sous les ruines de Lisbonne plusieurs sans doute ont évité de plus grands malheurs & malgré ce qu'une pareille description a de touchant, & fournit à la poësie, il n'est pas sur, qu'un seul de ces infortunés ait plus souffert, que

B

fi felon le cours ordinaire des chofes il eut attendu dans de longues angoif- fes la mort qui l'eft venu furprendre. Eft-il une fin plus trifte que celle d'un mourant qu'on accable de foins inu- tiles, qu'un notaire & des heritiers ne laiffent pas refpirer, que les Medecins affaffinent dans fon lit a leur aife, & à qui des Prêtres barbares font avec art favourer la mort ? pour moi, je vois par tout que les maux auxquels nous affujettit la nature font beaucoup moins cruels que ceux que nous y a- joutons.

Mais quelques ingenieux que nous puiffions être à fomenter nos miféres à force de belles inftitutions, nous n'a-

vons pû jusqu'à préfent nous perfecti-
onner au point de nous rendre generalement la vie à charge & de prefe-
rer le neant à notre exiftence ; fans-
quoi le decouragement & le defefpoir
fe feroient bientôt emparé du plus
grand nombre, & le genre humain n'eut
pû fubfifter longtems. Or s'il eft mieux
pour nous d'être que de n'être pas, c'en
feroit affés pour juftifier notre exiftence, quand même nous n'aurions aucun
dedomagement à attendre des maux que
nous avons à fouffrir, & que ces maux
feroient auffi grands que vous les dé-
peignés. Mais il eft difficile de trouver
fur ce fujet de la bonne foi chés les
hommes, & de bons calculs chés les

B ij

Philosophes, parce que ceux ci dans la comparaison des biens & des maux oublient toujours le doux sentiment de l'existence, independemment de toute autre sensation & que la vanité de mépriser la mort engage les autres à calomnier la vie, à peu près comme ces femmes qui avec une robe tachée & des ciseaux pretendent aimer mieux des trous que des taches.

Vous pensés avec Erasme que peu de gens voudroient renaitre aux mêmes conditions qu'ils ont vecus, mais tel tient sa marchandise fort haute qui en rabatroit beaucoup, s'il avoit quelque espoir de conclure le marché. D'ailleurs, Monsieur, qui dois-je croire que vous

avés confulté fur cela? Dés riches peut
être raffafiés de faux plaifirs, mais
ignorant les veritables, toujours en-
nuyés de la vie & toujours tremblans
de la perdre; peut être des gens de
lettres de tous les ordres d'hommes le
plus fedentaire, le plus mal fain, le
plus reflechiffant, & par confequent le
plus malheureux. Voulés vous trouver des hommes de meilleure compo-
fition, ou du moins communement
plus fincéres, & qui formant le plus
grand nombre doivent au moins pour
cela être écoutés par preference? Con-
fultés un honnéte bourgeois qui aura
paffé une vie obfcure & tranquille fans
projets & fans ambition ; un bon ar-

tifan , qui vit commodément de son metier, un païfan même, non de france, ou l'on pretend qu'il faut les faire mourir de mifére, afin qu'ils nous faffent vivre, mais du païs par exemple, ou vous êtes , & generalement de tout pays libre. J'ofe pofer en fait qu'il n'y a peut être pas dans le haut valais un feul montagnard mecontent de fa vie prefque automate , & qui n'accepta volontiers au lieu même du paradis, le marché de renaître fans ceffe pour vegeter ainfi perpetuellement. Ces differences me font croire, que c'eft fouvent l'abus que nous faifons de la vie, qui nous la rend à charge & j'ai bien moins bonne opinion de ceux qui font fachés d'avoir vecu, que de celui qui peut dire avec Caton : *Nec me vixiſſe pænitet , quoniam ita vixi , ut fruſtra me natum non exiſtimem.* Cela n'empêche pas que le Sage ne puiſſe quelque fois deloger volontairement ſans murmure & ſans defefpoir , quand la nature ou la fortune lui portent bien diſtinctement l'ordre du départ. Mais ſelon le cours ordinaire des choſes, de quelques maux que ſoit ſemée la vie humaine, elle n'eſt pas à tout prendre un mauvais préſent , & ſi ce n'eſt pas toujours un mal de mourir , c'en eſt fort rarement un de vivre.

Nos differentes maniére de penſer ſur tous ces articles , m'apprennent pourquoi plusieurs de Vos preuves sont peu concluantes pour moi. Car je n'ignore pas, combien la raison humaine prend plus facilement le moule de nos opinions que celui de la verité & qu'entre deux hommes d'avis contraire, ce que l'un croit demontré, n'est souvent qu'un sophisme pour l'autre. Quand vous attaqués, par exemple, la chaîne des êtres si bien decrite par Pope, vous dites qu'il n'est pas vrai, que si l'on otoit un atome du monde, le monde ne pourroit subsister. Vous cités la dessus M. de Crouzas, puis vous ajoutés, que la nature n'est asservie à aucune mesure precise, ni à aucune forme precise, que nulle planete ne se

meut dans une courbe abfolument re-
guliere, que nul être connu n'eft d'une
figure précifément mathematique, que
nulle quantité precife n'eft requife pour
nulle operation, que la nature n'agit
jamais rigoureufement, qu'ainfi on n'a
aucune raifon d'affurer qu'un atome de
moins fur la terre feroit la caufe de
la deftruction de la terre. Je vous
avoue que fur tout cela, Monfieur, je
fuis plus frappé de la force de l'affer-
tion que de celle du raifonnement, &
qu'en cette occafion je cederois avec plus
de confiance à votre autorité qu'à vos
preuves.

A l'egard de Mr. de Crouzas, je
n'ai point lû fon ecrit contre Pope, &

ne fuis peut être pas en état de l'en-
tendre ; mais ce qu'il y a de trés certain, c'eſt que je ne lui cederai pas ce
que je vous aurai diſputé, & que j'ai
tout auſſi peu de foi à ſes preuves qu'à
ſon autorité. Loin de penſer que la
nature ne ſoit point aſſervie à la preciſion des quantités & des figures, je
croirois tout au contraire qu'elle ſeule
ſuit à la rigueur cette preciſion, parce
qu'elle ſeule fait comparer exactement
les fins & les moyens & méſurer la
force à la réſiſtance. Quand à ces irregularités prétendues, peut-on douter
qu'elles n'ayent toutes leur cauſe phyſi-
que, & ſuffit-il de ne la pas apperce-
voir pour nier qu'elle exiſte? ces appa-

rentes irregularités viennent fans doute de quelques Loix que nous ignorons, & que la nature fuit tout auffi fidelement que celles qui nous font connues; de quelque agent que nous n'appercevons pas, & dont l'obflacle ou le concours a des mefures fixes dans toutes fes operations; autrement il faudroit dire nettement qu'il y a des actions fans principes & des effets fans caufe, ce qui repugne à toute philofophie.

Suppofons deux poids en equilibre, & pourtant inégaux, qu'on ajoute au plus petit la quantité dont ils different; ou les deux poids refteront encore en équilibre & l'on aura une caufe fans effet, ou l'equilibre fera rompu & l'on aura un effet sans cause. Mais si les poids étoient de fer, & qu'il y eut un grain d'aiman caché sous l'un des deux, la precision de la nature lui oteroit alors l'apparence de la precision, & à force d'exactitude elle paroîtroit en manquer. Il n'y a pas une figure, pas une operation, pas une Loi dans le monde physique à laquelle on ne puisse appliquer quelque exemple semblable à celui que je viens de proposer sur la pesanteur.

Vous dites que nul être connu n'est d'une figure precisement mathematique; je vous demande, Monsieur, s'il y a quelque figure possible qui ne le soit pas, & si la courbe la plus bizarre n'est pas aussi reguliére aux yeux de la nature qu'un Cercle parfait aux nôtres. J'imagine au reste, que si quelque corps pouvoit avoir cette apparente regularité, ce ne seroit que l'univers même en le supposant plein & borné ; car les figures mathematiques n'étant que des abstractions, n'ont de rapport qu'à elles mêmes ; au lieu que toutes icelles des corps naturels sont relatives à d'autres corps, & a des mouvemens qui les modifient ; ainsi cela ne prouveroit encore rien contre la precision de la nature, quand même nous serions d'accord sur ce que vous entendés par ce mot de precision.

Vous distingués les evenemens qui ont des effets, de ceux qui n'en ont point

Je doute que cette distinction soit soli-
de. Tout evenement me semble avoir
nécessairement quelque effet ou moral
ou physique, ou composé des deux,
mais qu'on n'apperçoit pas toujours,
parce que la filiation des evenemens
est encore plus difficile à suivre que
celle des hommes ; comme en general
on ne doit pas chercher des effets plus
considerables que les evenemens qui les
produisent ; la petitesse des causes rend
souvent l'examen ridicule, quoique les
effets soient certains, & souvent aussi
plusieurs effets presque imperceptibles,
se reunissent pour produire un evenement considerable. Ajoutés que tel effet
ne laisse pas d'avoir lieu, quoiqu'il agisse

hors du Corps qui le produit. Ainfi
la pouffiere qu'eléve un caroffe, peut
ne rien faire à la marche de la voi-
ture & influer fur celle du monde;
mais comme il n'y a rien d'etranger à
l'univers, tout ce qui s'y fait, agit ne-
ceffairement fur l'univers même. Ainfi,
Monfieur, vos exemples me paroiffent
plus ingenieux que convaincans; je vois
mille raifons plaufibles, pourquoi il
n'etoit peut être pas indifferent à l'Eu-
rope qu'un certain jour l'heritiére de
Bourgogne fut bien ou mal tœffée, ni
au deftin de Rome, que Cefar tournat
fes yeux à droite ou à gauche, & cra-
cha de l'un ou de l'autre coté en allant
au Senat le jour qu'il y fut pimi. En

32

un mot, en me rappellant le grain
de fable cité par Pafchal, je fuis à quelques egards de l'avis de votre Bramine,
& de quelque maniére qu'on envifage
les chofes, fi tous les evenemens n'ont
pas des effets fenfibles, il me paroît in-
conteftable que tous en ont de reels,
dont l'Efprit humain perd aifément le
fil, mais qui ne font jamais confondus
par la nature.

Vous dites qu'il eft demontré que
les corps celeftes font leur revolution
dans l'efpace non refiftant. C'etoit affu-
rément une belle chofe à demontrer;
mais felon la coutume des ignorans,
j'ai très peu de foi aux demonftrations
qui paffent ma portée. J'imaginerois

que

que pour bâtir celle-cy, l'on auroit à peu près raisonné de cette maniére:

Telle force agissant selon telle Loi, doit donner aux Astres tel mouvement dans un milieu non resistant: or les astres ont exactément le mouvement calculé, dont il n'y a point de resistance. Mais qui peut savoir, s'il n'y a peut être pas un million d'autres loix possibles, sans conter la véritable, selon lesquelles les mêmes mouvemens s'expliqueroient mieux encore dans un fluide que dans le vuide par celle cy? L'horreur du vuide n'a-t'elle pas long-tems expliqué la plûpart des effets qu'on a depuis attribués à l'action de l'air? d'autres expériences ayant ensuite detruit l'horreur du vuide, tout ne s'eſt il pas trouvé plein? N'a t'on pas retabli le vuide ſur de nouveaux calculs? Qui nous repondra qu'un ſyſtême encore plus éxact ne le detruira pas de rechef? Laiſſons les difficultés ſans nombre qu'un phyſicien feroit peut être ſur la nature de la lumiére & des eſpaces éclairés; mais croyés vous de bonne foi, que Bayle dont j'admire avec vous la ſageſſe & la retenue en matiére d'opinion, eut trouvé la vôtre ſi demontrée? En general il ſemble que les ſceptiques s'oublient un peu, ſitôt qu'ils prennent le ton dogmatique, & qu'ils devroient uſer plus ſobrement que perſonne du terme de démontrer.

Le moyen d'être cru, quand on fe vante de ne rien favoir en affirmant tant de chofes!

Aurefte, vous avés fait un correctif très jufte au fyftême de Pope en obfervant qu'il n'y a aucune gradation proportionelle entre les créatures & le créateur, & que fi la chaine des êtres créés aboutit à Dieu, c'eft parce qu'il la tient & non parce qu'il la termine.

Sur le bien du tout préferable à celui de fa partie, vous faites dire à l'homme: „je dois être auffi cher à mon Mai„tre, moi être penfant & fentant, que les „planetes, qui probablement ne fentent „point.„ Sansdoute cet univers materiel ne doit pas être plus cher à fon Au-

teur qu'un feul être penfant & fentant.
Mais le fyftême de cet univers qui
produit, conferve & perpetuë tous les
êtres penfans & fentans, doit lui être
plus cher qu'un feul de ces êtres; il
peut donc malgré fa bonté, ou plutôt
par fa bonté même facrifier quelque
chofe du bonheur des individus à la
confervation du tout. Je crois, j'efpére
valoir mieux aux yeux de Dieu que la
terre d'une planete; mais fi les planetes font habitées, comme il eft probable,
pourquoi vaudrois je mieux à fes yeux
que tous les habitans de Saturne? on
a beau tourner ces idées en ridicule, il
eft certain que toutes les analogies font
pour cette population, & qu'il n'y a

que l'orgueil humain qui soit contre.

Or cette population supposée, la conservation de l'Univers semble avoir pour
Dieu même une moralité qui se multi-
plie par le nombre des mondes habités.

Que le cadavre d'un homme nou-
risse des vers, des loups ou des plan-
tes, ce n'est pas, je l'avoüe un dédo-
magement de la mort de cet homme;
mais si dans le systeme de l'univers il
est nécessaire à la conservation du genre
humain, qu'il y ait une circulation de
substance entre les hommes, les ani-
maux & les vegetaux, alors le mal
particulier d'un individu contribue au
bien general. Je meurs, je suis mangé
des vers, mais mes enfans, mes fréres

vivront comme j'ai vécu, & je fais par l'ordre de la nature pour tous les hommes, ce que firent volontairement Codrus, Curtius, Les Decies, les Philenes & mille autres pour une petite partie d'hommes.

Pour revenir, Monsieur, au syftême que vous attaqués, je crois qu'on ne peut l'examiner convenablement, fans diflinguer avec foin le mal particulier dont aucun Philofophe n'a jamais nié l'exiflence, du mal general que nie l'optimifte. Il n'eft pas queftion de favoir, fi chacun de nous fouffre ou non, mais s'il étoit bon que l'univers fut, & fi nos maux étoient inévitables dans la conftitution de l'univers? Ainfi l'addition d'un article rendroit ce semble la proposition plus exacte, & au lieu de *Tout est bien*, il vaudroit peut être mieux dire : *Le tout est bien* ou *Tout est bien pour le Tout*. Alors il est très évident qu'aucun homme ne sauroit donner des preuves directes ni pour ni contre. Car ces preuves dependent d'une connoissance parfaite de la constitution du monde & du but de son Auteur, & cette connoissance est incontestablement au dessus de l'intelligence humaine. Les vrais principes de l'optimisme ne peuvent se tirer, ni des propriétés de la matiére, ni de la mecanique de l'univers, mais seulement par induction des perfections de Dieu qui préside à tout ;

desorte qu'on ne prouve pas l'existence de Dieu par le systême de Pope, mais le systeme de Pope par l'existence de Dieu, & c'est sanscontredit de la question de la Providence qu'est derivée celle de l'origine du mal. Que si ces deux questions n'ont pas mieux été traitées l'une que l'autre, c'est qu'on a toujours si mal raisonné sur la Providence, que ce qu'on en a dit d'absurde, a fort embrouillé tous les corrollaires qu'on pouvoit tirer de ce grand & consolant dogme.

Les premiers qui ont gaté la cause de Dieu sont les Prêtres & les Devots, qui ne souffrent pas que rien se fasse selon l'ordre établi, mais font toujours intervenir la justice Divine à des eve-

nemens purement naturels, & pour être
furs de leur fait, puniffent & chatient les
méchans, éprouvent ou recompenfent
les bons indifferemment avec des biens
ou des maux felon l'evenement. Je ne
fais pour moi, fi c'eft une bonne Theo-
logie, mais je trouve que c'eft une
mauvaife maniére de raifonner, de fonder indifféremment fur le pour & le
contre les preuves de la Providence,
& de lui attribuer fans choix tout ce
qui fe feroit également fans elle.

Les Philofophes à leur tour ne me
paroiffent guéres plus raifonnables, quand
je les vois s'en prendre au Ciel de ce
qu'ils ne font pas impaffibles, crier que
tout eft perdu, quand ils ont mal aux

dents, ou qu'ils font pauvres, ou qu'on les vole, & charger Dieu, comme dit Senêque, de la garde de leur valife. Si quelque accident tragique eut fait périr Cartouche ou Cefar dans leur enfance, on auroit dit, quels crimes avoient ils commis? ces deux brigands ont vécu, & nous difons, pourquoi les avoir laiffé vivre? au contraire un devot dira dans le premier cas : Dieu vouloit punir le pére en lui otant fon enfant, & dans le fecond : Dieu confervoit l'enfant pour le chatiment du peuple. Ainfi quelque parti qu'ait pris la nature, la Providence a toujours raifon chés les devots, & toujours tort chés les Philo-fophes. Peut être dans l'ordre des cho-

ses humaines, n'a t'elle ni tort ni raison,
parce que tout tient à la loi commune,
& qu'il n'y a d'exception pour personne.
Il est à croire que les évenemens parti-
culiers ne font rien ici bas aux yeux du
Maître de l'univers, que sa Providence
est seulement universelle, qu'il se con-
tente de conserver les genres & les espé-
ces & de présider au tout, sans s'in-
quiéter de la maniére dont chaque individu passe cette courte vie. Un Roi sage qui veut que chacun vive heureux
dans ses états, a t'il besoin de s'infor-
mer si les cabarets y sont bons? Le pas-
sant murmure une nuit, quand ils sont
mauvais, & rit tout le reste de ses jours
d'une impatience aussi déplacée. *Com-*

morandi enim natura diverforium nobis, non habitandi dedit.

Pour penfer jufte à cet égard, il femble que les chofes devroient être confiderées relativement dans l'ordre phyfique, & abfolument dans l'ordre moral: de forte que la plus grande idée que je puis me faire de la Providence, eft, que chaque Etre materiel foit difpofé le mieux qu'il eft poffible par rapport au tout, & chaque être intelligent & fenfible le mieux qu'il eft poffible par rapport à lui même; ce qui fignifie en d'autres termes, que pour qui fent fon éxiftence, il vaut mieux éxifter que ne pas éxifter. Mais il faut appliquer cette regle à la durée totale de chaque être fen-

sible , & non à quelques instants parti-
culiers de sa durée, tel que la vie humaine; ce qui montre combien la question de la Providence tient à celle de
l'immortalité de l'ame que j'ai le bonheur de croire, sans ignorer, que la raison peut en douter, & à celle de l'eter-
nité des peines que ni vous ni moi, ni
jamais homme pensant bien de Dieu,
ne croirons jamais.

Si je raméne ces questions diverses
à leur principe commun, il me semble
qu'elles se rapportent toutes à celles de
l'existence de Dieu. Si Dieu existe, il
est parfait, s'il est parfait, il est sage,
puissant & juste, s'il est sage & puissant, tout est bien, s'il est juste & puis-

sant mon ame est immortelle, si mon ame est immortelle, trente ans de vie ne font rien pour moi & sont peut-être nécessaires au maintien de l'univers. Si l'on m'accorde la premiére proposition, jamais on n'ebranlera les suivantes; si on la nie, il ne faut point disputer sur ces conséquences.

Nous ne sommes ni l'un ni l'autre dans ce dernier cas. Bien loin du moins que je puisse presumer rien de semblable de votre part en lisant le recueil de vos œuvres, la plûpart m'offrent les idées les plus grandes, les plus douces, les plus consolantes de la Divinité, & j'aime bien mieux un Chretien de votre façon que de celle de la Sorbonne.

Quant à moi, je vous avouerai naï-
vement, que ni le pour ni le contre
ne me paroissent demontrés sur ce point,
par les lumiéres de la raison, & que
si le Theiste ne fonde son sentiment
que sur des probabilités, l'Athée moins
précis encore ne me paroit fonder le
sien, que sur des possibilités contraires.
De plus les objections de part & d'autres sont toujours insolubles, parce
qu'elles roulent sur des choses, dont
les hommes n'ont point de véritable
idée. Je conviens de tout cela, & pourtant je crois en Dieu tout aussi fortement que je croye aucune autre vérité, parce que croire & ne croire pas
sont les choses qui dépendent le moins

de moi, que l'état de doute est un état trop violent pour mon ame, que quand ma raison flotte, ma foi ne peut rester longtems en suspens, & se determine sans elle ; qu'enfin mille sujets de préference m'attirent du côté le plus consolant, & joignent le poids de l'esperance à l'equilibre da la raison.

Voilà donc une vérité donc nous partons tous deux, à l'apui de laquelle, vous sentés combien l'optimisme est facile à defendre, & la providence à justifier, & ce n'est pas à vous qu'il faut repeter les raisonnemens rebattus, mais solides qui ont été faits si souvent à ce sujet à l'egard des Philosophes qui ne conviennent pas du principe. Il ne

faut

faut point difputer avec eux fur ces matiéres, parce que ce qui n'eft qu'une preuve de fentiment pour nous, ne peut devenir pour eux une demonftra- tion, & que ce n'eft pas un difcours raifonnable de dire à un homme: Vous devés croire ceci, parce que je le crois. Eux de leur coté ne doivent point fe difputer avec nous fur ces mêmes ma- tiéres, parce qu'elles ne font que des corollaires de la propofition principale qu'un adverfaire honnête ofe à peine leur oppofer, & qu'à leur tour ils au- roient tort d'exiger qu'on leur prouvat le corollaire indépendament de la pro- pofition qui lui fert de bafe. Je pen- fe, qu'ils ne le doivent pas encore par

D

une autre raiſon. C'eſt qu'il y a de
l'inhumanité à troubler les ames pai-
ſibles, & à deſoler les hommes à pure
perte, quand ce qu'on veut leur apprendre n'eſt ni certain ni utile. Je
penſe en un mot, qu'à votre exemple,
on ne ſauroit attaquer trop fortement
la ſuperſtition qui trouble la ſociété,
ni trop reſpecter la Religion qui la
ſoutient.

Mais je ſuis indigné comme vous,
que la foi de chacun ne ſoit pas dans
la plus parfaite liberté, & que l'homme
oſe controller l'intérieur des conſcien-
ces ou il ne ſauroit pénetrer, comme
s'il dépendoit de nous de croire ou de

ne pas croire dans des matiéres où la demonstration n'a point lieu, & qu'on pût jamais asservir la raison à l'autorité. Les Rois de ce monde ont ils donc quelque inspection dans l'autre, & sont ils en droit de tourmenter leurs sujets ici bas pour les forcer d'aller en Paradis ? Non, tout gouvernement humain se borne par sa nature aux devoirs civils, & quoi qu'en ait pû dire le Sophiste Hobbes, quand un homme sert bien l'Etat, il ne doit conte a personne de la maniére dont il sert Dieu.

J'ignore si cet Etre juste ne punira point un jour toute tyrannie exercée en son nom ; je suis bien sur au moins,

qu'il ne la partagera pas, & ne refu-
fera le bonheur éternel à nul incré-
dule vertueux & de bonne foi. Puis-je
fans offenfer fa bonté & même fa juftice,
douter, qu'un cœur droit ne rachete une
erreur involontaire, & que des mœurs
irreprochables ne vaillent bien mille
cultes bizarres prefcrits par les hommes, & rejettés par la raifon? je dirai
plus, fi je pouvois à mon choix ache-
ter les œuvres aux dépens de ma foi,
& compenfer à force de vertu mon
incredulité fuppofée, je ne balancerois
pas un inftant, & j'aimerois mieux
pouvoir dire à Dieu, j'ai fait fans fon-
ger à toi, le bien qui t'eft agréable, &
mon cœur fuivoit ta volonté fans la

connoitre, que de lui dire, comme il faudra que je faffe un jour : Hélas ! je t'aimois & n'ai ceffé de t'offenfer, je t'ai connu & n'ai rien fait pour te plaire.

Il y a je l'avoue une forte de profeffion de foi que les loix peuvent impofer, mais hors les principes de la morale & du droit naturel, elle doit être purement négative, parce qu'il peut éxifter des religions qui attaquent les fondemens de la fociété, & qu'il faut commencer par exterminer ces religions pour affurer la paix de l'Etat. De ces dogmes à profcrire, l'intolerance eft fans difficulté le plus odieux ; mais il faut le prendre à fa fource ;

car les fanatiques les plus sanguinaires,
changent de langage selon la fortune,
& ne prêchent que patience & douceur,
quand ils ne sont pas les plus forts;
ainsi j'appelle intolérant par principes
tout homme qui s'imagine qu'on ne peut
être homme de bien sans croire tout
ce qu'il croit, & damne impitoyable-
ment tous ceux qui ne pensent pas
comme lui. En effet, les fidèles sont
rarement d'humeur à laisser les reprou-
vés en paix dans ce monde, & un
saint, qui croit vivre avec des damnés,
anticipe volontiers sur le métier du
diable. Que s'il y avoit des incrédu-
les intolérans, qui voulussent forcer le
peuple à ne rien croire, je ne les ban-

nirois pas moins sevérement, que ceux qui veulent forcer à croire tout ce qui leur plait.

Je voudrois donc, qu'on eut dans chaque Etat, un code moral ou une espéce de profession de foi civile, qui contint positivement les maximes sociales que chacun seroit tenu d'admettre, & négativement les maximes fanatiques qu'on seroit tenu de rejetter, non comme impies, mais comme seditieuses. Ainsi toute religion qui pourroit s'accorder avec le code seroit admise, toute religion qui ne s'y accorderoit pas, seroit proscrite, & chacun seroit libre de n'en avoir point d'autre que le code même. Cet ouvrage fait avec

foin, feroit, ce me femble, le livre le
plus utile qui jamais ait été compofé,
& peut être le feul néceffaire aux hommes. Voilà, Monfieur, un fujet pour
vous. Je fouhaiterois paffionnément,
que vous vouluffiès entreprendre cet
ouvrage, & l'embellir de votre Poëfie,
afin que chacun pouvant l'apprendre
aifément, il porta dès l'enfance dans
tous les cœurs, ces fentimens de douceur & d'humanité, qui brillent dans
vos écrits, & qui manquèrent toujours
aux Devots. Je vous exhorte à médi-
ter ce projet, qui doit plaire au moins
à votre ame. Vous nous avés donné
dans votre poëme fur la Religion na-
turelle le Catechifme de l'homme. Don-

nés nous maintenant dans celui que je vous propose le Catechisme du Citoyen. C'est une matiére à mediter longtems, & peut être à reserver pour le dernier de vos ouvrages, afin d'achever par un bienfait au genre humain la plus bril-lante carriére que jamais homme de lettre ait parcourue.

Je ne puis m'empécher, Monsieur, de remarquer à ce propos une opposi-tion bien singuliére entre vous & moi dans le sujet de cette lettre. Rassasié de gloire, & désabusé des vaines gran-deurs, vous vivés libre au sein de l'a-bondance ; bien sur de l'immortalité, vous philosophés paisiblement sur la nature de l'amé, & si le corps ou le cœur souffre, vous avés Tronchin pour médecin & pour ami, Vous ne trouvés pourtant que mal sur terre. Et moi homme obscur, pauvre & tourmenté d'un mal sans remède, je médite avec plaisir dans ma retraite, & trouve que tout est bien. D'ou viennent ces contradictions apparentes? Vous l'avés vous même expliqué ; vous jouissés, mais j'espére, & l'esperance embellit tout.

J'ai autant de peine à quitter cette ennuyeuse lettre, que vous en aurés à l'achever. Pardonnés-moi, grand homme, un zéle peut être indiscret, mais qui ne s'epancheroit pas avec vous, si

je vous en eſtimois moins. A Dieu
ne plaiſe que je veuille offenſer celui
de mes contemporains, dont j'honore
le plus les talens, & dont les écrits
parlent le mieux à mon cœur. Mais
il s'agit de la cauſe de la Providence
dont j'attens tout. Apres avoir ſi longtems puiſé dans vos leçons des con-
ſolations & du courage, il m'eſt dur,
que vous m'otiés maintenant tout ce-
là pour ne m'offrir qu'une eſpérance
incertaine & vague, plutôt comme un
paillatif actuel, que comme un dedomagement à venir. Non! j'ai trop ſouf-
fert en cette vie pour n'en pas attendre une autre. Toutes les ſubtilités
de la Metaphyſique ne me feront pas

douter un moment de l'immortalité de l'ame, & d'une Providence bienfaisan-te. Je la sens, je la crois, je la veux, je l'espére, je la defendrai jusqu'à mon dernier soupir, & ce sera de toutes les disputes que j'aurai soutenue la seule ou mon interêt ne sera pas oublié,

je suis, Monsieur etc.

page 16. ligne 5 conte

; mettez

compte

pag. 17 Zadig

Hay tom XXXIII. p. .....

18 mais quelque

23. passage de Caton

24. Crouzaq . lisez Crousaz
quand il s'agit de lui

9 782329 068206